KB259808

겹매화 피어 있는 집

겹매화 피어 있는 집
허윤정 시집

초판 인쇄 | 2010년 3월 10일
초판 발행 | 2010년 3월 15일

지은이 | 허윤정
펴낸이 | 신현운
펴는곳 | 연인M&B
디자인 | 이희정
기 획 | 여인화
등 록 | 2000년 3월 7일 제2-3037호
주 소 | 143-874 서울특별시 광진구 자양동 680-25호(2층)
전 화 | (02)455-3987 팩스 | (02)3437-5975
홈주소 | www.yeoninmb.co.kr
이메일 | yeonin7@hanmail.net

값 8,000원

ISBN 978-89-6253-049-0 03810

겹매화 피어 있는 집

허윤정 시집

연인M&B

실제로 존재하는 것은 아무것도 없다.
우리의 사유 속에서만 모든 존재는 그렇게 있다.

종교도 철학도 이념도 진리에 비추어 보면 아무것도 아니다.
진리란 무엇인가 그 무엇도 없는 것이 진리일까.
아직까지 진리 탐구란 말만 있었지 진리를 탐구한 사람은 없었다.
내 고향 두류산 계곡의 태고 적 강물은 천년도 넘는 그 유장한 세월을 흘러 보낸다.
봄이 오고 강물이 풀리면 사람은 흔적조차 없는 그 계곡,
봉숭아꽃 혼자 피어서 혼자 지고 꽃잎은 떨어져서 예전처럼 맑은 강물에 그 꽃잎 떠내려 올 것이다.

어제의 강물은 흘러가 버리고, 내일의 강물은 아직 흐르지 않았고,
오늘의 강물은 지금, 그 찰나도 흘러가고 있다.
이 세상은 지금이라는 시간과 함께 실제로 존재하는 것은 아무것도 없다.

　세상일이 헛되고 헛되다. 대소쿠리로 물에 뜬 달그림자 건지
는 일임을 이제 겨우 알아차리는 나이가 되었다.
　달관과 순리의 그윽한 눈빛, 달빛의 그 청아한 거문고 소리나
들으며 미망의 잠든 꿈 흔들어 깨우는 일이다.

　문학이란 혼자 추는 춤이다. 골방에서 혼자 추는 춤이다.
　자유시를 쓰다가 민족시 시조를 모아서 책을 엮는다.
　텅 비어서 공허한 세상 목숨을 불태우며
　온몸으로 흔들어 선율로 대답하리.
　빛의 환영이여
　너 언어여
　초정 김상옥 선생님과 백수 정완영 선생님 두 분 스승께 절 드
리며 첫 번째 시조집 『겹매화 피어 있는 집』을 상재한다.

2010년 2월
서래마을 시창 아래서
허윤정 삼가

| 차례 |

제1부 꽃이여 작은 꽃이여

꽃이여 작은 꽃이여 _ 12
억새꽃 _ 13
백자 항아리 _ 14
노을 새 _ 15
엉겅퀴 꽃 _ 16
소지품 _ 17
아파트 _ 18
석양 앞에서 _ 19
시 쓰는 날에 _ 20
옛집에 와서 _ 21
부부 참새 _ 22
목련이 진다 _ 23
詩의 숨결 _ 24
세월의 눈물 _ 25
이 하루 _ 26
이웃집 흰 개 한 마리 _ 27
가만히 매달려 있어라 _ 28

제2부 어느 여진餘震

신사임당 서시 _ 30

점의 소묘 _ 31

나무의 말 _ 32

작약꽃 피던 날에 _ 33

환상의 봄 _ 34

어느 여진餘震 _ 35

매화꽃 지는 날에 _ 36

청매도 _ 37

뜨거운 찔레꽃 _ 38

목련꽃 _ 39

절집 _ 40

고깔모자 벗어 던져라 _ 41

가을비 _ 42

기다림 _ 44

물레 자으시는 분 _ 45

제3부 겹매화 피어 있는 집

山寺의 뜰 _ 48

아주 작은 집 _ 49

겹매화 피어 있는 집 _ 50

너를 보내고 _ 52

H시인 시집을 받고 _ 53

복수초의 기도 _ 54

이 봄날에 _ 55

목숨에게 _ 56

가을 강 _ 57

9월이 가기 전에 _ 58

가을이 가네 _ 59

어떤 풍경 _ 60

흐르지 않는 강물 _ 61

꽃의 敍情 _ 62

제4부 어느 가을날 오후

산사에서 _ 66

겨울 풀 _ 67

싸리꽃 우리 '시야' _ 68

강아지풀 _ 69

작은 행복 _ 70

황혼이 물든 저녁 길에서 _ 71

어느 가을날 오후 _ 72

나무와 노을 _ 73

장가계張家界에서 _ 74

겨울나무 _ 75

내가 나를 지워버린 날 _ 76

영산고개에서 _ 77

존재 _ 78

제5부 물에 뜬 산 그림자

등 굽은 매화나무 _ 80

물에 뜬 산 그림자 _ 81

무논이 있는 풍경 _ 82

시월 하늘 _ 84

칸나의 서정 _ 85

아침 산책 _ 86

귀뚜리 울음소리 _ 87

나팔꽃 _ 88

목마른 강물 _ 89

벌새의 춤 _ 90

이 세상은 _ 92

거래 _ 93

가을산 바라보며 _ 94

書刻을 보며 _ 95

노스님 시 창에는 _ 96

| 해설 |

그리움과 성찰과 역설의 시 · 조동화 _ 97

제1부 꽃이여 작은 꽃이여

제1부 꽃이여 작은 꽃이여

꽃이여 작은 꽃이여

아무래도
시라는 것은
키 낮추는 일이다

몸도 낮추고
울음도 낮추고
바람 앞에 서 보는 일이다

어둔 밤
별빛 아래 앉은
꽃이여 작은 꽃이여.

억새꽃

비어 있어
아름다운 세상
억새꽃이 흘러간다.

강물만
강이 아니라
억새꽃도 강물이네

가는 곳
어딘지 몰라도
서걱이는 저 고요.

백자 항아리

너는 조선의 눈빛
거문고 소리로만 눈을 뜬다

어찌 보면 얼굴이 곱고
어찌 보면 무릎이 곱고

오백년
마음을 비워도
다 못 비운 달 항아리.

노을 새

그대 따라
나서는 그리움
언제나 그 자리에 서 있네

나는 혼자 우는
가시나무새
당신은 누구신지요

내 설움
가슴에 묻고
빛으로 오시는 이여.

엉겅퀴 꽃

역광의 노을 속에서
누가 나를 부르는가

아득한 수평선 넘어
파도소리 외로운데

내 기억
멀고 먼 저편
엉겅퀴 꽃 손 흔든다.

소지품

움직일 때마다 달그락달그락
나는 가진 게 너무 많다

사금파리 유리조각 아무짝에도
쓸모없는 것들

가진 게
너무 많아서
몸 무겁고 짐 무겁다.

아파트

18

칸칸이 허리 굽은
저 문명은 문을 닫고

'사세' 의 울린 곡조 잉카제국 도시 같다
철거될 폐가이던가 창문마다 닫혀 있다

어둠에 펄럭이는 현수막은 저 까치집
우짖던 새떼들은 어디론가 날아가고

바벨탑 높은 적막이
허허롭게 걸려 있다.

석양 앞에서

석양은 옛 고도
폼베이를 물들이고

도시는 홍등가의
불빛처럼 희미하다

빛바랜
시간과 공간
손을 놓는 이별이다.

이제 막 흘러가는
꿈속과 또 다른 꿈

저렇게 출렁이는
마지막 선율처럼

백조가
등지고 섰는
석양빛이 서럽다.

시 쓰는 날에

한지에 한 줄기 묵향
곧은 뼈로 눕혀놓고
시 한 편 쓰는 일이
오롯한 내 하얀 꿈이라서
오늘도
비워둔 하늘가에
흰 구름을 보낸다.

옛집에 와서

마당에 파초 한 그루
허물어진 옛집 하나

태고 적 달빛 아래
피붙이들 모여 앉아

강물도
산도 바람도
회억 속에 깊어간다

이 저승 다 둘러봐도
바람만 휑한 그 집

재 넘어 두고 온 언덕
깊어가는 꿈 이야기

세월은
소리도 없이
눈처럼만 쌓여가네.

부부 참새

창 앞에 나뭇가지
깝죽대는 작은 새야

찬 서리 지난밤을
어디에서 자고 왔나

깃 부리
마주 포갠 채
수잠 자고 왔겠다

어둠도 가고 말면
동이 트는 밝은 여명

새들은 시가 되고
푸른 목숨 넋이 되어

형상의
나뭇가지엔
햇살 가득 싣겠네.

목련이 진다

그리 쉬이 떠날 길을
뭣 하러 예 왔던가

어스름 골목길
가로등도 희미한데

담 너머
잦아드는 노을
지고 있는 저 목련꽃.

詩의 숨결

저 발톱 밑 핏줄까지도
심장은 박동을 배려하네

목숨을 담보로 하여
쉬지 않는 팽창과 수축

창조여 너는 죽음에까지도
생명을 불어넣네

차가운 목숨의 숨결
살아온 생명의 진폭

흔들리는 가지 끝
내 유년의 어린 참새

너 시여
너는 죽음에까지도
생명을 불어넣네.

세월의 눈물

탄생은 기쁨이었지만
삶은 고행의 바다

탯줄 끊어진 뒤
이룬 것들 부질없네

억새풀
길로 우거져
통로마저 없는데

하느님도 부처님도 없는
아득한 저 무채색 세상

꽃물 들어 울던 새도
자취 없이 날아가고

별빛이
흘리던 눈물
세월 가네
바람이 가네.

이 하루

초가집 들창가에
흔들리던 작은 불빛

한 송이 꽃이던가,
푸른 산도 흔들리고

그 길에
나비 한 마리
수를 놓던 이 하루

꽃이 되고 섬이 되어
더 멀어진 고향 속살

허공의 숨결인가
흔들리는 별빛인가

내 생명
중심에 닿아
피워 올린 이 하루.

이웃집 흰 개 한 마리

이웃집 흰 개 한 마리
집 주인을 닮았는지

낯선 사람 찾아가도
짖을 줄을 모르더라

붉은 꽃
수염에 얹고
봄 가는 줄 몰라라.

가만히 매달려 있어라

—잎새에게

가만히 매달려 있어라
비바람 다 참고

철봉에 매달린 수험생처럼
의연하게 매달려 있어라

가만히
매달려 있어라
초조해 하지 말고

자연으로 돌아가는 일
나답게 사는 그 일

아무리 사는 일이
힘들고 고되다 해도

그대로
바람 부는 대로
눈비 맞는 그대로.

제2부 어느 여진餘震

신사임당 서시

조선의 어머니이자
만고의 여인이신
시공을 넘어선
현모양처 신사임당
한생을
살고 간 목숨이
천추까지 비치시네

어디 그뿐인가
그림에다 글씨에다
두루 밝고 자상하여
넘나드는 침공針功까지
오늘도
모국의 화폐에
정좌하고 계옵시네.

점의 소묘
―새에 대하여

자취도 없이
허공을 날고 싶다

부피도 높이도 없는
작은 새가 되고 싶다

사랑의
흰 그림자여
퍼져나간 파장이어

먼 하늘 덮어버린
노을이 되고 싶다

피곤에 지친 네 영혼
그 푸른 풀빛 그리움

한 소절
노래가 되고 싶다
작은 새가 되고 싶다.

나무의 말

나는 푸른 몸짓으로
푸른 노래만 부르리라
말로는 다 못하여
몸짓으로 說法한 말
늘어진
가지에 맡겨
봄노래를 부르리라

차갑게 차갑게만
긴 겨울을 건너와서
봄이면 또 한철을
몸 흔들어 공양하고
언제나
무심한 자리,
그 자리를 지키리라.

작약꽃 피던 날에

우리 집
빈 뜨락에
작약꽃이 피는 날엔
북 찢는
아픔으로
적막마저 숨죽이고
아무 일
없다는 듯이
웃고 가던 하루해

고단한
이승 살이,
깨고 나면 꿈이던가
그림자
돌려주고 떠나려는
이 한철을
머리 푼
살풀이춤이
오색으로 휘날려.

환상의 봄

언제나 젖어 있어라
연민의 그 촉수들

기다림 하얀 꽃버선
축담에 내려서서

수련 꽃
한 송이로
환히 열린 이 봄날

아름답고 미쁜 일들
환상 아닌 것이 없네

부처도 하느님도
빈손 열어 보이시며

줄 것이
하도 없어서
웃으시는 이 봄날.

어느 여진餘震

너 한 사람의
생각이 세상을 흔들어 놓았다

그날부터
목숨의 값은 무너져 내렸고

오늘이
흔들리는 것은
어둠의 미망 때문이다

양자이론이 발표된 그날부터
이 세상은 이미 무너쳐 내렸고

아직도 끓어오르는
내 가슴의 마그마여

오늘도
흔들리는 것은
그날의 미망 때문이다.

매화꽃 지는 날에

매화꽃 허리 아파라
열고 닫는 봄의 창문
홍건이 젖어드는 달빛
내 그리움 어디 갔는가
그 꽃잎
떨어져 누워
밟힐수록 더 아파라

연분홍 떠도는 향기
그도 훨훨 나빌레라
그림자 놓고 가는
꽃잎의 하얀 순정
동전 깃
다듬는 매창
황진이도 뼈 아파라

저 꽃잎 창살에 붙어
아자창도 얼룩진다
시건방 떨지 마라
황망한 이 봄날을
매화꽃
뜨거운 혼령
손 흔들어 보낸다.

청매도

고향도 산 그림자
아직 잠이 덜 깨었나

그루터기 논배미도
덩치 큰 배나무도

북두성
매화꽃 한 그루
메일 문자 보내온다.

뜨거운 찔레꽃

38

내 가슴에 숨겨둔
너는 내 첫사랑 아리아
뉘도 몰래 꺼내보는
나의 손 거울이었네
해운대
바닷 바람을 불태우는
이별이었네.

목련꽃

두견이 울음소리에
복사꽃이 흩어지면

아버님 무덤 곁에
가지런한 엄마 무덤

목련꽃
반달 버선을
벗어 걸고 가신 당신.

절집

낡은 단청
바람 한 줄기
노스님 기침소리

고요도
향기라서 손 닿으면
흔들릴 듯

파초 잎
넓은 그림자
하루해를 지킨다.

고깔모자 벗어 던져라

시간의 태엽이
거꾸로만 가다 보면,
옛날로 돌아갈까
그리움에 가 닿을까
미움도
지우고 보면
눈물이네 그리움이네

축제의 밤이 끝나고
무도회도 끝이 났다
고깔모자 벗어 던져라
말간 얼굴 삐에로야
사랑아
떠도는 부평초야
우리 텅 빈 이름으로.

가을비

통유리 창밖으로
내리는 이 가을비

내 가슴 빗금 치며
얼룽지는 빗소리에

눈물은
빗물이 되어
팔짱 끼고 흐른다

비 내리는 그 옛날에
떠나보낸 내 고운님

마음도 또 육신도
이 한밤을 다 젖어

고적한
그 옛날 밤을
우산 받고 나서 본다

쓸쓸한 내 젊음은
나 혼자서 외로웠네

그 님을 기다리며
같이 울던 그 나무 밑

지금은
베여 나가고
흔적뿐인 이 상처.

기다림

땅거미 설핏설핏
물이 드는 어스름 녘
지친 길 막 버스가
쉬엄쉬엄 돌아든다
가야 할
고개는 더 먼데
굽이도는 그리움

올 리도 없는 님을
기다리는 설운 생각
이제는 떠나가고
모두가 다 없는데
노을은
혼자서 불타고
내 마음만 저물어

사무치는 푸른 하늘
넋 잃은 하얀 구름
무엇으로 채울 수 없는
서러운 나의 여백
선연한
연기 한 줄기
산을 넘는 고갯길.

물레 자으시는 분

물레를 자으시는 그분
오늘도 명주실 푸신다

날이면 날마다
풀었다가 감았다가

실실이 물레를 자아
은실 햇살 내리신다.

제3부 겹매화 피어 있는 집

山寺의 뜰

48

별빛을 흩뿌린 듯
적막이 흔들리는 밤

영겁을 불 꺼진 채로
아직도 눈 못 뜨고

이 佛心,
거역할 수 없어
달빛만이 뜰에 시리다.

아주 작은 집

작은 유리그릇에
재스민 차가 끓고 있다

흰 개 한 마리
눈을 감고 누워 있고

시인과 화가들이 모여
차 한 잔 나누고 있다

수작업으로
그려내는 우아한 곡선

용마루 위에
모여드는 하늘의 별자리 하며

피리새,
국화 한 송이
아기 구름 일어선다.

겹매화 피어 있는 집

등 굽은 매화나무
솟을대문 기대서서

꽃소식 봄소식을
지레 알려주던 옛집

어머님
길 떠난 채로
겹매화만 흔들려.

붉게 핀 동백꽃은
봄을 웃고 떠났는데

하늘만큼 그리운 정
자목련 지켜선 채

청정한
대바람소리
귀를 씻는 이 하루.

가신 님 듣던 물소리
세월 돌아 흘러가고

별똥별 빗금 치며
떨어지던 하늘가에

정든 님
정든 이웃들
다들 어디 갔는가.

산정은 고요하고
적막은 사무치고

싸리문 열렸는데
돌아갈 길 가이없어

연지분
찍어 바른 채
분 향기만 날리네.

너를 보내고

롱 코트에 분홍 스카프
말쑥하게 차려입은 너

살가운 마음 맛있는
점심까지 사주고 갔다

애잔한
눈물까지도
보태주고 돌아갔다

너는 저만치 떠나고
나는 또 이만치에

서로들
주고받은 정
흔들리는 이 현기증

돌 돌 돌
세월이 떠난다,
기찻길이 흔들린다.

H시인 시집을 받고

붓으로 내 이름자 새겨
보내주신 그 시선집

주황색 명주 수건으로
칠보단장하고 왔네

마른땅
죽순 오르듯
푸른 시심 돋아나네

사랑의 세레나데
저 시원의 동굴에서

황진이 서러움도
물결지어 흘러오고

동백꽃
불붙는 사랑
문신 찍고 찾아왔네.

복수초의 기도

소쩍새 울음소리
추스리는 이 한밤중
무거운 눈꺼풀 열고
봄을 이고 오시네
겨울의
땟자국 묻은 잔설
남아 있는 이 뜨락에

수복의 황금 햇살을
꽃 잔에 담아 들고
경이롭고 신비한
아이누 여인이어
황금색
가사를 걸치고
하늘 바쳐 또 이고.

이 봄날에

죽었던 혼령들이
꽃이 되는 이 봄날에

망막 속 얼비치는 이,
내 가슴에 누구일까

눈물도
탄식까지도
꽃이 되는 이 봄날에.

목숨에게

우리들은 한눈이 팔려
진실을 알지 못하네

없는 것을 못 보는 것은
있는 것도 못 보는 것

너와 나
모두 한 성품인데
세상을 갈라놓은 두 길을

봄꽃은 피었다 지고
세월은 왔다 가고

우리 가고 없는 날에도
해는 다시 저물겠지

그날도 포토맥 강가의
새들은 저리 울어 쌓겠다.

가을 강

캄캄한 밤하늘을
누가 홀로 지킬 건가
한 곡조 무반주로
건너가는 첼로의 강
면벽한
수도승처럼
잠들 줄을 몰라라.

9월이 가기 전에

혼들리는 나무 잎새도
시가 되는 9월이 가면

나는 어느 별자리
또 어느 시월을 찾아갈까

時쏲이
비었다 해도
세월 더욱 허무해라

가을은 혼들리는 것,
혼들리다 억새꽃 되는 것

하늘에 올라가선
사무쳐서 구름이 되는 것

어여쁜
시 한 편 써서
강물 위에 띄우고 싶다.

가을이 가네

가을이 가네
황홀한 가을이 가네

가는 가을 오는 계절도
신비롭고 경이롭네

내 가슴
젖은 물빛도
오색으로 감겨들고

낮달이 떠가다 혼자
가을 강에 몸을 부리네

이승 삶 허무해라
오늘도 가고 있는 우리

벗어둔
신발 한 켤레
낙엽 한 장 놓여 있네.

어떤 풍경

잘사는 빌라촌에서
신사가 개를 몰고 나온다

개가 사람을 모는지
사람이 개를 모는지

손에 든
저 지팡이는
또 무엇을 말하는지

외롭게 사는 친구에게
편지 한 장 보내고

돌아오는 건널목에서
문득 쳐다본 서녘 하늘

그래도
저녁놀 물들어
세상은 너무 곱다.

흐르지 않는 강물

바람이 문제였지
물은 아무 의미가 없다
그저 진실이며
사랑일 뿐이다
제 모습
제 업이 되어
제가 안고 가는 강물

망각의 저편을
아득히 흘러간다
뉘우침 뉘우침이듯
글썽이며 흘러간다
흘러도
다시 흘러도
흐르지 않는 강물.

꽃의 敍情

하늘에서 놀러 왔다가
미처 못 돌아간 별이

여기에 뿌리 내리고
피어난 게 꽃이었다면

그것이
꽃도 되고 별이 되어
사무치게 빛나겠네

우리가 하늘 우러러
밤하늘 별을 헤듯이

하늘에서 내려다보고
별을 헤는 밤이면

오소소
코스모스 밭,
술이 취한 저 장미 밭

북두성 은하수 넘어
견우직녀 엮는 사랑

우리도 베갯머리
오작교 이어놓고

밤마다
꿈결 오가듯
슬픈 꽃잎 피고 진다.

제4부 어느 가을날 오후

산사에서

뻐꾸기
울음소리에
파초 잎 늘어지고

듣고도
모르는 체하고
부처님은 앉아 있고

강물은
세월 따라 흐르는데
고여드는 풍경소리.

겨울 풀

안으로 강물이 되어
맑은 피 흐르리라

겉으로는 죽은 척하지만
고개 숙여 더 질긴 목숨

어둠 속
긴긴 내 욕망
누구도 범접 못하리.

싸리꽃 우리 '시야'*

비 오는 산자락에 쑥을 캐던 슬픈 봄날

무명치마 깨끼저고리 머리끝엔 갑사댕기

꺼질 듯 꺼질 듯하다가 되살아난 그 장명등

일찍이 엄마 잃고 얹혀살던 우리 '시야'

무슨 한 그리 많아 틈만 나면 울어 쌓노

싸리꽃 울타리 넘어 엄마 모습 아롱진다.

*어린 시절 나를 업어 키워준 마을 언니.

강아지풀

강변의 강아지풀
혼자 서서 흔들리고 있다
얼마를 흔들어야
내 눈물도 마를 까나
물무늬
적막한 강물,
같이 걷는 이 강둑길

시여 기다림이여
언제쯤이면 네가 올까
별빛은 태아처럼
북두에 몸 숨기고
내 고향
태초의 그리움
댓바람에 잠들고 싶다.

작은 행복

꽃나무 뿌리에
잦아드는 물을 보며

오늘은 내 눈에
까닭 없이 눈물이 고이네

너에게
물 주고 있는
내 행복을 너는 모르리

구멍 송송 뚫린
연근도 갈아서 부어주며

푸른 하늘 산들바람
새소리 풍경소리

예뻐라
나의 꽃나무
나의 말간 너 꽃나무.

황혼이 물든 저녁 길에서

나의 오솔길은
조용히 물드는 황혼길

그 길 위로
새들은 나래 깃 다듬고

추억이
잠든 오솔길
기침소리 들려오네

세월은 고삐 풀린 망아지
껑충껑충 잘도 뛰네

아기자기한 형상의 무게
내 등은 휘어들고

인생은
굳어진 화석
층층으로 결이 쌓인다.

어느 가을날 오후

저 작은 잎새들도
모두 손을 흔든다

고독은 스멀스멀
온몸으로 기어오르고

떨어져
누운 나뭇잎
거리마다 자꾸 딩군다

엊그제 다녀온
병문안 왠지 목이 메이고

그 누가
뭐라고 안 해도
목울대가 울먹인다

손들어 이승의 하직
오색 물감 흩뿌리며.

나무와 노을

너는 언제나
그 자리에 서 있네
혼자 우는 가시나무새
빛으로 오시는 이여
한 자락
깔아둔 그림자
가을은 또 그렇게 가고

무심으로 물드는
가을나무 붉은 혼령을
황홀한 저녁노을
나무가 지고 떠나가네
한 장의
잎새도 남기진 말고
다 비우고 떠나게 하라.

장가계張家界에서

이 장엄하고 웅장한
적막 앞에서

우리는 말이 없다
숨소리도 하나 없다

수억 년 참아온 침묵
장가계張家界는 말이 없다

사랑이어 오늘을 위하여
무엇으로 살아왔나

이렇게 만날 수 있는
370억 년 전의 우리

황홀한
적막 앞에서
아득해라, 보이지도 않는 이승.

겨울나무

그 어두운 대지 속에
지성의 뿌리를 묻고

겨울나무 한 그루가
골고다 산상을 오른다

가쁜 숨
헐떡이면서
무거운 발 절룩이면서

깡마른 얼굴 성근 수염
수그린 너의 이마

쇄쇄한 은발들이
햇살 속에 눈부시다

설렘도
그리움도 봉인한 채로
우러러 선 네 의지여.

내가 나를 지워버린 날

디지털 문명이
춤을 추는 혼돈 속에서

우리 인간들은
속절없이 길 잃은 철새

어디로
가고 있는가!
우리들의 저문 여로

너와 내가 교신하는
헝클어진 이 상념들

난무하는 반란
흔들리는 변조 앞에서

아니다
아니다 하고
내가 나를 지워버린다.

영산고개에서

부산 제3 埠頭
차가운 바닷바람
피난살이 그 옛날이
유영을 시도한다
오륙도
서러운 바다
출렁이는 저 불빛

밤안개 자욱한 거리
영산고개 고 서점들
먼 항해 기적소리
잠겼다 일어서고
바닷새
울음소리도
방황하는 미로여!

존재

녹음은 우거져 푸른 노래 부르고
때까치 종종걸음으로 무심을 도네
무게도
부피도
모습도 아주 없는 이 무심

무어든지 그대 앞에선
작아지는 나여, 존재여
벌건 용강로에 한 송이
눈꽃으로 피어나라
사랑 그
뜨거운 내 입술
닳아 오른 미망이어.

제5부 물에 뜬 산 그림자

제5부 물에 뜬 산 그림자

등 굽은 매화나무

먼 산을 등에 업고
새 한 마리 날아와서

바하의 선율을
귀 담아 듣고 있다

커피 향
자욱이 깔리는
비워둔 오후 한때

울음이 기대 서 있는
굽은 등 매화나무

얼마를 더 울어야
적막에 가 닿을 건가

당신은
출타 중이고
나는 빈손 모은다.

물에 뜬 산 그림자

두류산 동녘하늘 천왕봉 그 기슭에
양당수 줄기 따라 도화 뜬 산 그림자
그 마을 서당골 이웃, 내가 거기서 태어났네

낫으로 풀을 베고 깊은 수풀 헤쳐 내고
남명 선생 터 잡은 곳, 덕천강 그 양당수
삼장물 또 새내물길 서로 만나 합친 마을

선비정신 학 같은 삶 외길 살고 떠나신 님
서원문 열어보면 텅텅 빈 허연 빈방
생전에 살고 간 청빈이 그대로만 얼비치네

솟을대문 기와지붕 비샌 세월 얼마던가
패용한 칼과 방울 도적들이 가져가고
6.25 그 분탕질도 불 지르고 떠나갔네

심고 간 은행나무 남명 선생 닮아 섰고
오늘도 남은 한 그루 지켜섰는 덕천서원
오백 세 뿌리가 내린 열매마저 야위었네

한 치도 다름없는 서슬 푸른 그 상소문
가신님 곽재우 정인홍, 넋이야 없을 손가
산천제 굽이 돈 칼바람 날이 서서 더 푸르다.

무논이 있는 풍경

니켈로 접은 훈장
늘어지게 송송 달고

워낭소리 길 밝히며
멍든 발로 절룩이네,

달구지
삶의 무게에
물러빠진 저 발톱

청솔가지 타는 냄새
저무는 뒤안길을

초가집 낮은 외양간
시렁 위에 얹힌 써래

때까치
울음소리에
부르튼 살 비빈다

이랴이랴 소를 몰던
5월의 무논배미

늙은 소 채찍질하며
절룩이는 뒤안길에서

뻐꾹새
너도 서러워
못을 박는 이 청산.

시월 하늘

84

아득한 시월 하늘
모국어로 시를 쓴다

산 너머 푸른 저 산
그 산 너머 또 옛 마을

까맣게
잊었던 이야기
밑 줄 긋는 흰 구름.

칸나의 서정

풀벌레 울음소리
흩어놓고 새운 별빛

예감할 수 없는 침묵
덮고 누운 바람 하며

눈여겨
철늦은 길목을
울고 떠난 저 칸나

붉은 혀 뽑아 물어
찢어놓고 떠난 세월

비록 우리 삶이
허무라고 할지라도

무채색
투명한 하늘
바라보면 아득해.

아침 산책

사위는 아침 오솔길
먼저 지는 노란 잎새들

주단을 깔아놓고
밟고 가는 새벽 어스름

그래도
눈물이 나네,
아침 서정 나의 산책길

삶이어 몸짓 하나가
모두 그분의 나투심을

저 푸른 사유의 넋
발걸음 가벼운데

거문고,
열두 줄 고르며
새 한 마리 날아간다.

귀뚜리 울음소리

저렇게
사무치는 울음이
매달리는 이슬하며

저렇게
적막한 하늘에
불을 다는 별빛 하며

끝내는
되돌아와서
맺은 열매 풀끝 하며.

나팔꽃

88

흰 저고리 남색 치마
담장 타고 오르던 꽃

산모롱이 내다보고
손 채양하고 서서

한세상
이별의 노래
색소폰을 붑니다.

목마른 강물

강물은 하나의 실루엣,
가을 강은 더욱 푸르고

이승은 허기진 불빛
그 여정이 희미해라

<u>흐르고</u>
다시 흘러도
억겁년을 목마르다.

벌새의 춤

현란한
벌새들의
아름다운 고속 동작에

꽃들은
저도 몰래
꽃대가 휘어버렸다

천지는
너무 고요해
아무 일도 없는데

사랑은
불타는 약속,
한순간의 조화인가

배추 잎
진드기는
땅 갈피에 엉겨붙어

허망한
목숨의 번뇌
우째 털어버리겠노

별 같은
이승의 꿈
포개지던 벌새의 춤

화려한
몸짓 숨 막히는
그 애증은

먼 하늘
꾹꾹새 소리
젖은 꿈만 깊어가네.

이 세상은

92

의지할 곳 없는 마음
머물 곳도 난 없어라

앞서간 사람들의
그림자도 밟지 마라

깃 고운
크낙새 한 마리
여름비를 맞고 있다.

거래

어떤 이는
생사까지도 거래라고 말하더라만
너도 없고 나도 없어
경계는 다 비었는데
줄 것은
무엇이고
받을 것은 무엇인가
우리 앞에 알짱이는 것
모두는 허망하고 덧없다
손톱만큼 틈이 생기면
하늘만큼 멀어진다
중심이
없는 것 같지만
허공은 준엄하다.

가을산 바라보며

고단한 이승 살이
깨고 보면 꿈이던가!

그림자 돌려주고
떠나려는 이 한철을

머리 푼
살풀이춤이
오색으로 휘날려

캄캄한 밤하늘을
누가 홀로 지킬 건가

한 곡조 무반주로
건너가는 첼로의 강

면벽한
수도승처럼
잠들 줄을 몰라라.

書刻을 보며

沈 선생이 새겨준 내 아호
刻이 마음에 안 찬다면서

초정 선생은 그 물길
바로 잡아 물길 틔워주었다

그제야
매듭이 풀려
긴 강물로 흘러간다

水兮! 수혜라니
내가 물이 될 수 있을까

그 물이 고목에 올라
은하에 가 닿을까

그 말씀
어딜 가시고
刻만 여기 남아 있다.

노스님 시 창에는

아득한 산 그림자
노을은 물이 들고

봄을 얽고 앉아 있는
노스님 시 창에는

세월이
귀밑에 내려
흰 눈발이 성성하다.

그리움과 성찰과 역설의 시

조동화(시인)

1

허윤정 시인을 필자가 알게 된 것은 초정 김상옥 선생이 재 창간한 동인지 『맥貘』의 동인을 함께 하면서부터였다. 원래 『맥貘』은 1930년대에 창간되어 함윤수, 민태원, 이상, 임화 등 한국문단 초창기의 전설적 문인들이 작품을 적지 않게 수록했는데, 1938년 6월부터 1939년 4월까지 통권 5호를 펴내고 폐간된 것을 1995년 당시 동인 중의 한 분이었던 초정 김상옥 선생이 뜻한 바 있어 재 창간한 것이다.

허윤정 시인은 명문 경남여고 문예반 시절부터 초정 선생과는 사제지간이라는 각별한 인연을 가지고 있을 뿐만 아니라, 한국 최고의 문학잡지 『현대문학』을 모지로 하여 1977년부터 1980년까지 어려운 추천과정을 밟아 등단한 후 벌써 여섯 권의 시집까지 상재한 엘리트 시인이다. 여러 면에서 초정 선생이 생전에 그렇게 자랑스러워한 『맥貘』의 동인이 되기에 적절한 인물이라고 하겠는데, 그런 그가 초정 선생이 돌아가신 뒤 동인지 『맥貘』
의 편집주간을 여러 해째 맡아오고 있음은 참으로 당연한 귀결
이라 하겠다.

그런데 뜻밖에 달포쯤 전에 허윤정 시인이 필자에게 일곱 번
째 시집의 발문을 부탁한다는 전화를 하더니 이내 두툼한 봉투
하나가 속달우편으로 날아왔다. 바로 시집 원고였다. 그날 밤 얼
마간 설레는 마음으로 보내온 원고를 일별하면서 우선 두 가지
면에서 놀라지 않으면 안 되었다.

그 첫째는 허윤정 시인이 그동안 일관되게 자유시를 써온 시
인이니만큼 보내온 원고는 틀림없이 자유시일 것이라고 지레
추측을 하고 있었던 것인데, 뜻밖에 한 편의 예외도 없이 원고
전체가 우리 고유의 정형시 시조라는 점이었다. 자유시와 시조
가 크게 보면 공히 시의 범주에 든다 하더라도 오랜 세월 자유
시에 길들어 온 시인이 시조를 쓰기란, 더구나 시집 한 권 분량
의 많은 시조를 써내기란 결코 쉽지 않은 노릇인데도 그것은 사
실이었다. 이변이라면 이변이라 할 이 엄연한 사실 앞에 한동안
생각에 잠기지 않을 수 없었다. 필자는 아주 오래전부터 세상에
우연이란 결코 존재하지 않는다고 믿어온 사람이기 때문이다.
그리고 그리 힘들이지 않고 한 추리를 해낼 수 있었다. 그것은
당대 이 나라 정형시의 최고 명인 가운데 한 분이었던 초정 선
생과의 돈독한 관계가 허윤정 시인으로 하여금 우리의 정형시
에 남다른 관심을 갖게 했을 것이란 점이고, 거기에서 한 걸음
더 나아가 시인 자신이 우리의 가락을 몸소 무수히 밟아 보고
익숙해진 결과가 바로 필자의 손에 들려진 원고일 것이라는 점
이었다.

둘째는 허윤정 시인의 시조들이 비록 필자와는 첫 대면이지만 결코 예사롭지 않은 경지를 보여주고 있었다는 점이다. 탈장르는 본래 미술에서 더 많이 시도되어 온 현상이지만 문학에 있어서도 어제오늘에 생겨난 현상은 아니다. 시인이 소설을 써서 책을 내거나 소설가가 시를 써서 시집을 내기도 하는 일이 이미 과거에도 드물기는 하지만 있어온 현상이기 때문이다. 그러나 요즈음처럼 탈장르가 보편적인 현상이 된 시대는 일찍이 없었다고 생각된다. 따라서 유명 시인들이 동화집이나 동시집을 내는 일이 그만큼 빈번해지고, 뜻있는 시인들이 우리 고유의 정형시에 관심과 애정을 기울여 시조집을 묶는 일도 그만큼 흔해진 것이 오늘의 현실이다. 다만 자유시를 쓰는 시인이 시조를 쓰는 경우 대체로 다음의 두 가지 폐해를 드러내는 경향이 많았다. 그하나는 오래도록 자유시에 길든 나머지 너무 방만한 음보를 수용하여 전체적으로 이완된 작품을 쓰는 경우이고, 다른 하나는 반대로 너무 곧이곧대로 음수율을 적용한 나머지 부동자세와도 같은 경직된 시조를 쓰는 것이 그것이었다. 그러나 허윤정 시인의 시조는 우선 그러한 우를 범하지 않고 시조의 삼장육구 안에서 자재한 말의 운용을 보여주고 있다는 점에서 높은 평가를 받아 마땅하다고 보았다. 아마도 시인은 스승 초정 선생의 그늘에만 머물며 시조를 익힌 것이 아니라, 정완영, 박재삼 등 당대 현대시조의 대가들의 보법까지도 골고루 섭렵했음이 분명하며, 그리고 바로 그 결과가 이 순간 필자의 손에 들려진 원고라는 사실도 절로 확연해졌다.

2

이번 허윤정 시인의 일곱 번째 시집에서 발견할 수 있는 가장 두드러진 특징은 『겹매화 피어 있는 집』이라는 시집 제목에서 이미 잘 드러나듯이 향수 내지 그리움과 관련된 시편들이 유달리 많다는 점이다. 우리가 실생활에서 흔히 목격하고 듣는 일이지만, 젊은이들끼리 모이면 추억담보다는 미래의 꿈들을 얘기하는 경우가 많고, 나이 지긋한 사람들끼리 모이면 미래의 꿈보다는 지난날을 돌아보는 이야기들이 주축을 이루기 십상이다. 시인은 1939년생으로 이미 고희를 넘겼다. 그런 의미에서 볼 때 시인의 시집에서 미래를 기약하는 시편보다 지난날을 돌아보는 시편들이 더 많다는 사실은 퍽도 순리적이고 자연스러운 일이라 할 것이다.

아득한 시월 하늘
모국어로 시를 쓴다

산 너머 푸른 저 산
그 산 너머 또 옛 마을

까맣게
잊었던 이야기
밑 줄 긋는 흰 구름.
―〈시월 하늘〉 전문

말 그대로 멀리 있는 고향을 그리워하며 쓴 단수이다. '아득한 시월 하늘/모국어로 시를 쓴다'는 첫 내디딤이 거침없고 시원스럽다. 산 너머로 겹겹이 아련하게 포개진 능선들, 먼 먼 그

너머에 고향마을은 있다. 탁 트인 남쪽하늘에는 시방 한창 흰 구름 두어 송이가 한가롭다. 멍하니 흘러가는 구름을 바라보고 있노라니 문득 들이 있고 시내가 있고 지리산 준령들이 울멍줄 멍 내달리는 그곳이 그리워진다. 그곳에서 보낸 어린 시절의 추억들이 눈에 삼삼 밟힌다. 삐삐(삘기)를 뽑던 일, 진달래를 따먹던 일, 어머니 뒤를 따라 아버지 일하시는 들녘으로 꼬불꼬불한 다랑논 논둑길을 걸어가던 일, 동무들과 함께 언덕 위 풀밭을 뛰놀며 뒹굴던 일…… 바로 그 대목을 시인은 '까맣게/잊었던 이야기/밑 줄 긋는 흰 구름.' 이라고 짐짓 딴청을 부리듯이 말하고 있다. 실로 회심의 일구요 표현의 묘를 다한 종장이라 하지 않을 수 없다.

그런데 이 작품에서 우리가 깨닫는 것은 시인이 그리워하는 대상이 단순히 고향산천만은 아니라는 점이다. 오히려 '까맣게/잊었던 이야기' 라는 말에서 보듯이 시인이 가장 그리워하는 것은 고향산천보다도 그 속에서 보낸 과거의 시간들임을 알 수 있는 것이다.

마당에 파초 한 그루
허물어진 옛집 하나

태고 적 달빛 아래
피붙이들 모여 앉아

강물도
산도 바람도
회억 속에 깊어간다

이 저승 다 둘러봐도
바람만 횅한 그 집

재 넘어 두고 온 언덕
깊어가는 꿈 이야기

세월은
소리도 없이
눈처럼만 쌓여가네.
―〈옛집에 와서〉 전문

앞의 작품이 고향을 멀리 두고 그리워하는 작품인데 반해 이 작품은 허물어진 고향집에 돌아와 몇몇 피붙이들이 모여 가버린 옛날을 그리워하는 작품이다. 그러나 정들었던 옛집은 하룻밤만이라도 안식을 얻기엔 이미 턱없이 부적당한 장소가 되어 있다. 그리운 옛 사람들은 모두 가버렸고 집도 반나마 허물어져 말 그대로 바람만 횅한 집이기 때문이다. 이 작품에서 시인은 무너져가는 옛집을 노래하고 있지만 시인이 그리워하는 것은 기실 고향집이라는 장소가 아니라 가버린 그 옛날의 시간임을 알게 된다(이 점은 앞서 〈시월 하늘〉에서도 그랬다).

일찍이 정지용 시인이 '고향에 고향에 돌아와도/그리던 고향은 아니러뇨.' 라고 노래한 것이나, 정완영 시인이 '고향에 내려가니 고향은 거기 없고/고향에서 돌아오니 고향은 거기 있고…' 라고 노래한 것이 결국 같은 맥락으로 보아 큰 착오는 없을 것이다. 이 계열에 속하는 작품으로는 〈고향집 찾아와서〉, 〈겹매화 피어 있는 집〉, 〈물에 뜬 산 그림자〉 등이 더 있다. 이들은 물론 그 주제가 그리움이되 더욱 좁혀 말하면 향수에 해당하는 작품들이라 할 수 있을 것이다.

이와는 달리 대상이 고향산천이나 고향집에서 보낸 과거의 시간이 아닌 사람에 대한 그리움을 나타낸 작품도 몇 편 보인다.

두견이 울음소리에
복사꽃이 흩어지면

아버님 무덤 곁에
가지런한 엄마 무덤

목련꽃
반달 버선을
벗어 걸고 가신 당신.
　─〈목련꽃〉 전문

보다시피 이것은 육친에 대한 그리움이다. 아마도 나란히 모신 부모님 무덤가에 백목련을 심었던 모양이다. 두견이 울음 속에 근처의 복사꽃이 지고나면 바로 목련꽃이 피곤 하는데, 시인은 바로 그 장면을 참으로 인상 깊은 가구佳句로 노래하고 있다. '목련꽃/반달 버선을/벗어 걸고 가신 당신.' 이라는 종장이 그것이다. 무덤가에 선 목련 한 그루가 막 눈이 부신 꽃송이들을 가지마다 꺼내든 모습을 이처럼 멋들어진 그리움으로 승화시키기는 결코 쉬운 일이 아니다.

비 오는 산자락에 쑥을 캐던 슬픈 봄날

무명치마 깨끼저고리 머리끝엔 갑사댕기

꺼질 듯 꺼질 듯하다가 되살아난 그 장명등

일찍이 엄마 잃고 얹혀살던 우리 '시야'

무슨 한 그리 많아 틈만 나면 울어 쌓노

싸리꽃 울타리 너머 엄마 모습 아롱진다.
　　―〈싸리꽃 우리 '시야'〉 전문

　이 작품은 육친에 대한 그리움이 아니라 육친처럼 한 집에 살
며 시인을 업어 키워준 어떤 마을 언니에 대한 그리움이다. 말미
에 붙어 있는 주註가 그것을 잘 말해 준다. 요즈음 같으면 연고
자가 없을 경우 보육원에서 자라거나 소년소녀 가장으로 등록
되어 국가로부터 최소한의 도움이라도 받을 테지만, 그 무렵은
먹을 것조차 구하기가 쉽지 않던 시절이었다. 그래서 그런 경우
는 대략 형편이 넉넉한 집에서 데려가서 집안일을 시키며 한 식
구처럼 지내다가 나이가 차면 시집을 보내주는 경우가 많았다.
한 식구처럼 집에 같이 살며 시인을 날마다 업어 키워준 그런 언
니라면 친언니 못지않게 정도 많이 들었으리라. 그러나 그 언니
자신으로서는 부모도 형제도 없는 혈혈단신으로 남의 집에 얹
혀살자면 오죽이나 서러웠을까. 그러기에 그 언니는 틈만 나면
훌쩍훌쩍 곧잘 울었던 모양이다. '무슨 한 그리 많아 틈만 나면
울어 쌓노/싸리꽃 울타리 너머 엄마 모습 아롱진다.' 참으로 가
슴 뭉클한 가편佳篇이 아닐 수 없다.

　沈 선생이 새겨준 내 아호
　刻이 마음에 안 찬다면서

　초정 선생은 그 물길
　바로 잡아 물길 틔워주었다

그제야
매듭이 풀려?
긴 강물로 흘러간다

水兮! 수혜라니
내가 물이 될 수 있을까

그 물이 고목에 올라
은하에 가 닿을까

그 말씀
어딜 가시고
刻만 여기 남아 있다.
　　　―〈書刻을 보며〉 전문

　이 작품은 앞의 두 작품과는 또 달리 사람에 대한 그리움이되 특히 스승에 대한 그리움을 노래하고 있다. 작품을 보고 추리할 수 있는 사연인즉 경남여고 시절의 은사인 초정 선생이 어느 날 시인에게 '水兮' 라는 아호를 친필로 내려주었는데, 시인은 스승이 내려준 그 아호를 날마다 바라보며 몸가짐을 가다듬으려 심 선생이라는 사람에게 부탁하여 서각書刻으로 만들었다. 그런데 새겨진 글자가 어쩐지 좀 모자라 독보적 미감을 가진 초정 선생이 그것을 보고는 어색한 획을 바로 잡아주셨던 모양이다. 그것을 시인은 '물길 틔워주었다' 라고 하고 이어서 '긴 강물로 흘러간다' 고 표현했다. 무릇 '水兮' 라는 호는 '물처럼 항상 순리를 따르라' 는 스승의 귀한 가르침일 터이다. 그러기에 시인은 '水兮' 라는 서각을 바라보며 부족하나마 스승의 고매한 인품을 닮고자 한다. 그러나 서각은 시인 앞에 있는데 스승께서는 이미 세

상에 계시지 않는다. '그 말씀/어딜 가시고/刻만 여기 남아 있
다.'라는 언뜻 냉정해 보이는 결구가 천 마디의 비탄悲嘆보다도
더 가슴을 울린다.

  3
  시집 『겹매화 피어 있는 집』에서 두 번째로 두드러진 특징은
인간의 삶에 대한 시인 특유의 성찰省察이다.
  "사람은 생각하는 갈대이다."라는 파스칼의 명언을 모르는 사
람은 거의 없다. 물론 이 말은 비록 갈대가 바람에 따라 이리저
리 흔들리는 나약한 존재이긴 하나 사람이 생각할 줄 아는 존재
라는 점을 강조했다는 사실도 알 만한 사람은 안다. 따라서 사람
은 알 수 없는 것 투성이인 세상에 태어나 나름대로 인생에 대한
답을 스스로의 책임 하에 진리라는 이름으로 구하며 사는 특이
한 존재라고 할 수 있다.
  시는 대개의 경우 사물에 대한 시인의 느낌을 표현한다. 그러
나 지식이나 의지, 혹은 믿음이라 하여 시인이 노래하는 대상에
서 예외는 될 수 없다. 시인이 쓴 시에 그 시인의 인생관이 나타
날 수밖에 없는 이유가 바로 여기 있다.

  가을이 가네
  황홀한 가을이 가네

  가는 가을 오는 계절도
  신비롭고 경이롭네

  내 가슴
  젖은 물빛도
  오색으로 감겨들고

낮달이 떠가다 혼자
가을 강에 몸을 부리네

이승 삶 허무해라
오늘도 가고 있는 우리

벗어둔
신발 한 켤레
낙엽 한 장 놓여 있네.
―〈가을이 가네〉 전문

　이 시에 표현된 세상은 처절하도록 아름다운 가을 속에 있다.
신비롭고 경이롭기까지 한 계절의 순환, 마치 오색이 영롱한 테
이프처럼 시인의 가슴에 감겨들고 있다. 숨 가쁘게 저물어가는
계절 속에 기왕이면 영원한 존재로서 지그시 머물지 못하고 시
시각각 저물어가는 삶이란 얼마나 허망한 노릇이란 말인가. 그
허허로움 앞에서 시인은 절로 탄식이 나오는데 공교롭게도 때
이르게 가지를 떠난 낙엽 한 장이 소리 없이 날아와 앞에 놓인다.
그 순간 시인은 언젠가 자신이 떠나는 그날 역시 한 장 낙엽처럼
신발 한 켤레 벗어놓고 가야 할 존재임을 수긍하지 않을 수 없다.
　바로 이런 면을 두고 시인의 세 번째 시집 발문을 맡았던 오세
영 시인은 '우수와 허무의 시'라고 일찍이 갈파한 바 있었지만
시인의 이른바 허무의식은 일곱 번째 시집에 와서도 변하기는
커녕 오히려 시인의 정신의 등뼈라도 되는 듯이 건재하고 있음
을 확인하게 된다. 이는 마치 성장기에 이룩된 골격이 그 사람의
죽는 날까지 살 속에서 고스란히 유지되는 이치와도 흡사하다
고나 할까.

이제 막 언급한 세 번째 시집의 발문은 그 말미에서 허윤정 시인의 시를 '덧없는 이 삶으로부터 벗어나 영원에 이르려는 그리움을 쓴 것' 이라고 요약하고, '그의 허무는 이 삶의 덧없음에 대한 인식에서, 그의 우수는 영원에 이르지 못하는 슬픔에서 연유' 한다고 시인의 허무와 우수의 근원까지 밝히고 있다. 그러나 그 허무와 우수의 해결책에 대해서는 더 이상 언급이 없다. 이는 달리 말하면 바로 세 번째 시집의 시편들에서는 아직 그 해결책까지는 미처 나타나지 않았다는 방증이라고 볼 수 있다.

그러나 이번의 일곱 번째 시집에서 그 해결책의 일단을 엿볼 수 있다는 사실은 실로 반갑고 고무적인 일이다.

가만히 매달려 있어라
비바람 다 참고

철봉에 매달린 수험생처럼
의연하게 매달려 있어라

가만히
매달려 있어라
초조해 하지 말고

자연으로 돌아가는 일
나답게 사는 그 일

아무리 사는 일이
힘들고 고되다 해도

그대로
바람 부는 대로

눈비 맞는 그대로.
—〈가만히 매달려 있어라〉 전문

이 작품에는 '—잎새에게'라는 부제가 붙어 있다. 물론 이 잎새는 시인 자신을 의미하는 것임은 재언의 여지가 없다. 시인은 첫째 수에서 잎새, 곧 스스로에게 말한다. 비바람을 참고 철봉에 매달린 수험생처럼 의연하게 매달려 있어라 한다. 초조해 하지 말고 가만히 매달려 있어라 한다. 둘째 수에서는 매달려 있는 그 일이 자연으로 돌아가는 일이며 나답게 사는 일이라 한다. 세상 사람들은 조금만 힘들어도 너무 쉽게 철봉에 매달린 손을 놓아 버리기 일쑤지만 비록 사는 일이 힘들고 고되더라도 바람 부는 대로 눈비 맞는 그대로 견디라고 한다. 언뜻 생각해 보면 내 것인 것 같지만 목숨이란 기실 나만의 것이 아닌 모두의 것이기 때문이다.

결국 시인은 이 작품에서 허무에 대한 해결책으로써 운명 앞에 포기하고 절망하는 삶이 아니라, 의지로써 참고 버티고 도전하는 삶을 제시하고 있다고 봐야 한다. 그러나 시인의 해결책은 여기에서 그치지 않는다.

흔들리는 나무 잎새도
시가 되는 9월이 가면

나는 어느 별자리
또 어느 시월을 찾아갈까

時쏟이
비었다 해도
세월 더욱 허무해라

가을은 흔들리는 것,
흔들리다 억새꽃 되는 것

하늘에 올라가선
사무쳐서 구름이 되는 것

어여쁜
시 한 편 써서
강물 위에 띄우고 싶다.
　　　―〈9월이 가기 전에〉 전문

이 작품에서 보면 첫째 수의 종장 '時쏲이/비었다 해도/세월 더욱 허무해라' 까지도 전혀 이 허무에는 출구가 보일 것 같지 않다. 그러나 '어여쁜/시 한 편 써서/강물 위에 띄우고 싶다.' 라는 둘째 수 종장에 이르면 아연 상황은 달라지고 있다. 억새꽃과 흰 구름은 흰빛으로 순수의 대유, 강물은 흐르는 것으로 세월의 대유라면 '어여쁜/시 한 편' 은 곧 영원의 대유가 아니겠는가! 흔들림(부대낌) 속에 세상의 온갖 욕망들을 비우면 흰빛(억새꽃, 흰 구름)으로 승화昇華되기 마련이다. 그 경우 시인에겐 시詩 외에 다른 수단은 더 이상 남아 있지 않다. 바로 그 순수한 언어로써 시인은 마침내 덧없는 세월에도 영원을 새겨 넣는 것이다. '어여쁜/시 한 편 써서/강물 위에 띄우' 는 일이 그것이다.

　4

　허윤정 시인의 시집 『겹매화 피어 있는 집』에서 세 번째로 두드러진 특징은 종교적 색채와 역설의 미학이다.
　먼저 종교적 색채부터 살펴보면 주로 불교적 색채가 가장 두

드러지게 나타나고 있음을 볼 수 있다.

불교적 색채라고 하면 만해 한용운 선사의 시편들이 한 전범典範을 이루고 있음은 널리 알려진 일이다. 그의 유명한 시집『님의 침묵』은 처음부터 끝까지 심오한 불교적 사상들로 점철되어 있어 불교적 사상 그 자체의 발현이라 해도 손색이 없을 정도임은 누구도 부정하기 힘들 것이다. 반면 불교적 색채를 엄청나게 많이 수용하고 있으면서도 그쪽에 아주 올인하지는 않고 수많은 명작들을 내놓은 백수 정완영 선생 같은 경우도 있다. 이 양자의 두드러진 차이라면 전자가 스님에다 시재詩才를 겸했던 데 반해 후자는 평범한 불자에다 시재를 겸했다는 데 있을 뿐이었다. 물론 이 점을 두고 어느 한쪽의 우월성을 따질 수는 없다. 예컨대 냇가에 선 사람이 한 발만 냇물에 담그고 서 있을 것인가, 아니면 두 발 다 담그고 서 있을 것인가는 어떤 의미에서는 개인의 기호적嗜好的 측면이 강하기 때문이다.

그렇다면 허윤정 시인의 경우는 시에 나타난 불교적 색채의 성격상 어느 쪽에 더 가깝다고 할 수 있을까? 물론 시집『겹매화 피어 있는 집』의 시편들은 어디까지나 일부가 불교적 색채를 띠고 있을 뿐이므로 아무래도 백수 선생 쪽을 더 많이 닮았다고 할 수 있을 것이다.

나는 푸른 몸짓으로
푸른 노래만 부르리라
말로는 다 못하여
몸짓으로 說法한 말
늘어진
가지에 맡겨
봄노래를 부르리라

차갑게 차갑게만
긴 겨울을 건너와서
봄이면 또 한철을
몸 흔들어 공양하고
언제나
무심한 자리,
그 자리를 지키리라.
―〈나무의 말〉 전문

허윤정 시인의 작품 중에서 가장 불교적 색채가 두드러진 작품이다. 이 작품에서 나무는 시인 자신이며 이 작품이 말하고 있는 언술은 시인 자신의 의중이라는 데에 의심의 여지는 없다. 그러면서 첫째 수에서 '설법'이라는 용어를 빌려오고 둘째 수에서 다시 '공양'이라는 용어를 빌려와서, 퍽도 자연스럽게 불교적 색채를 수용하고 있다. 말로는 다 하지 못하여 몸짓으로 푸르게 설법하며 제자리를 지켜 마지않는 나무! 이것이야말로 더도 덜도 말고 교외별전敎外別傳이자 염화시중拈華示衆의 미소, 그것이 아니겠는가.

낡은 단청
바람 한 줄기
노스님 기침소리

고요도
향기라서 손 닿으면
흔들릴 듯

파초 잎
넓은 그림자

하루해를 지킨다.
―〈절집〉 전문

　고요한 산사의 정밀靜謐을 노래한 작품이다. 낡은 단청으로 보
아 작으나 유서 깊은 절임을 알 수 있겠는데 노스님 한 분이 기
거하고 계신다. 마침 스님은 하안거夏安居 중이신지, 나직한 기침
소리만 들리는 중에 바람 한 줄기가 일렁이다 말 따름 산사는 고
요하기만 하다. 파초 잎 넓은 그림자가 하루해를 지킬 뿐 산사에
는 종일 인적이라곤 없다. 불교의 선禪의 경지가 한 폭의 그림처
럼 다가오는 가작이 아닐 수 없다. 특히 고요를 향기로 인식한
중장의 감각이 탁월하고 놀랍다.

이 佛心,
거역할 수 없어
달빛만이 뜰에 시리다.
―〈山寺의 뜰〉 일부

황금색
가사를 걸치고
하늘 받쳐 또 이고.
―〈복수초의 기도〉 일부

허망한
목숨의 번뇌
우째 털어버리겠노
―〈벌새의 춤〉 일부

면벽한
수도승처럼
잠들 줄을 몰라라.
―〈가을산 바라보며〉 일부

몇몇 작품에서 발췌한 구절들이다. 보다시피 佛心, 가사, 번뇌, 수도승 등의 용어들이 드러내고 있는 불교적 색채가 선명하다.

그런데 "예외 없는 법칙은 없다."라는 말이 있듯이 허윤정 시인의 시집에서도 얼마간의 예외가 존재한다는 점은 이채롭다. 다음 작품을 보자.

물레를 자으시는 그분
오늘도 명주실 푸신다

날이면 날마다
풀었다가 감았다가

실실이 물레를 자아
은실 햇살 내리신다.
　　―〈물레 자으시는 분〉 전문

여기서 물레는 빛을 잣는 물레이다. 초장의 명주실은 종장을 보면 햇살인 것을 금방 알 수 있다. 그렇다면 날마다 아침부터 저녁까지 태양이라는 빛의 물레를 자으시는 그분은 과연 누구일까? 우리가 아는 한 부처는 창조주가 아니다. 따라서 이는 불교적 색채라기보다는 아무래도 기독교적 색채에 더 가까운 이미지라고 생각되는 것이다. 그리고 보니 썩 드문 경우이긴 하지만 '부처도 하느님도/빈손 열어 보이시며(〈환상의 봄〉 일부)' 와 같이 불교와 기독교가 서로 혼재된 색채를 드러내는 경우도 두어 곳 보이고, '겨울나무 한 그루가 골고다 산상을 오른다.(〈겨울나무〉 일부)' 와 같은 구절에서는 '골고다' 라는 기독교적 단

골 용어까지 등장하고 있다. 시인의 깊은 흉중의 은밀한 기미까지도 얼마간 드러나는 대목이 아닐 수 없다.

이제 이쯤에서 시각을 달리하여 허윤정 시인의 시집 『겹매화 피어 있는 집』에 나타난 역설逆說의 미학美學을 살펴보기로 하자.

20세기 신비평가인 클린스 브룩스C.Brooks는 『잘 만들어진 항아리』에서 '역설의 기미가 완전히 제거된 언어를 요구하는 사람은 과학자이고 시인이 말하는 진리는 확실히 역설을 통해서만이 가능한 것이다' 라고 하여 역설을 현대시의 구조 원리로 내세운 바 있다. 그만큼 현대시와 역설은 결코 분리할 수 없는 불가분의 관계에 있으며 역설이야말로 시를 시답게 하는 가장 핵심적인 요소라고 할 수 있다.

따라서 허윤정 시인의 이번 시집에서 역설의 미학이 어떤 양상으로 나타나고 있는가 하는 점은 여간 흥미로운 일이 아닌 것이다.

녹음은 우거져 푸른 노래 부르고
때까치 종종걸음으로 무심을 도네
무게도
부피도
모습도 아주 없는 이 무심

무어든지 그대 앞에선
작아지는 나여, 존재여
벌건 용광로에 한 송이
눈꽃으로 피어나라
사랑 그
뜨거운 내 입술

닳아 오른 미망이어.
　　―〈존재〉 전문

　보는 바대로 이 작품은 두 수가 다 역설로 이루어져 있다. 첫째 수의 '무게도/부피도/모습도 아주 없는 이 무심'과 둘째 수의 '벌건 용광로에 한 송이/눈꽃으로 피어나라'가 그것이다. 바로 이 두 역설이 있음으로 하여 느슨함을 긴장으로 다잡아 주고 있으며, 시 전체가 한결 감칠맛이 있는 작품으로 업그레이드되고 있다. 역설의 놀라운 효과이다. 우리는 이 시에서 이 두 가구佳句가 없는 경우를 결코 상정想定할 수가 없는 것이다.

　비어 있어
　아름다운 세상
　억새꽃이 흘러간다.

　강물만
　강이 아니라
　억새꽃도 강물이네

　가는 곳
　어딘지 몰라도
　서걱이는 저 고요.
　　―〈억새꽃〉 전문

　이 작품 역시 전체가 역설로 이루어져 있다. 짤막한 단수에 불과하지만 '비어 있어/아름다운 세상', '억새꽃도 강물이네', '서걱이는 저 고요' 등이 모두 빛나는 역설이다. 시 한 편에 제대로 된 역설이 한 곳만 있어도 시 전체가 아연 팽팽한 긴장감이 돌면

서 살아나는 법이거늘 하물며 금광석처럼 빛나는 역설이 세 번
이나 박힌 경우가 어찌 비범하지 않겠는가!
　지면 관계상 일일이 다 인용할 수는 없어 두드러진 몇 곳을 핵
심 부분만 좀 더 인용해 보기로 한다.

　　부피도 높이도 없는/작은 새가 되고 싶다
　　　─〈점의 소묘〉 일부

　　북두성/매화꽃 한 그루/메일 문자 보내온다.
　　　─〈청매도〉 일부

　　고요도/향기라서 손 닿으면/흔들릴 듯
　　　─〈절집〉 일부

　　눈물도/탄식까지도/꽃이 되는 이 봄날에.
　　　─〈이 봄날에〉 일부

　　없는 것을 못 보는 것은/있는 것도 못 보는 것
　　　─〈목숨에게〉 일부

　　흘러도/다시 흘러도/흐르지 않는 강물.
　　　─〈흐르지 않는 강물〉 일부

　보다시피 이것들은 모두 빛나는 역설들로서 각각의 작품에서
화룡점정畵龍點睛의 역할을 하고 있는 구절들이다. 이 비범한 가
구佳句들이 요소요소에 배치되어 있음으로 해서 허윤정 시인의
시들이 한결 눈부시고 웅숭깊은 것이 되고 있음은 더 말할 나위
가 없다.

5

이상에서 허윤정 시인의 일곱 번째 시집 『겹매화 피어 있는 집』을 두고 고향과 사람들에 대한 그리움, 인간의 삶에 대한 성찰省察, 시에 나타난 종교적 색채와 역설逆說의 미학美學 등에 대하여 나름대로 살펴보았다.

한 권의 시집은 시인이 무어올린 하나의 산이다. 우리가 아는 바대로 산이란 입체立體로서 바라보는 위치에 따라 천의 모습, 만의 얼굴을 가지듯 시집 또한 복잡다기한 입체로서 보는 사람의 시각에 따라 그 평가는 천차만별일 수 있을 것이다. 그러나 그렇다고 하여 시평詩評이라는 것이 무한정 자유로운 것은 아니라고 생각한다. 따라서 누가 보더라도 고개를 끄덕이게 할 수 있어야 하고, 어떤 독자와도 함께 공명共鳴할 수 있는 자리여야 한다고 믿는다.

산에는 대개의 경우 숲이 있다. 큰 산일수록 울울창창하게 우거진 숲이 있어서 때로는 인간이 그 속에서 휴식을 취할 수도 있고, 또 때로는 인간이 그 속을 헤매다 미아가 될 수도 있다. 시의 산인 시집 속에도 역시 독자에게 기쁨과 위로를 줄 수 있는 숲이 있고, 마치 이상의 〈오감도〉처럼 여간해서는 깊이나 규모를 알 수 없는 동굴도 있을 것이다. 필자는 이 발문跋文에서 그 어떤 경우에도 어두운 숲속 요소요소에 내걸린 등불들처럼 독자에게 충실한 안내자가 되기를 소망했을 뿐이다.

허윤정 시인은 30여 년이라는 시력詩歷이 보여주듯 시에서는 이미 원숙의 경지에 이른 시인이다. 대나무를 쪼갠 댓개비로 대바구니만 만들어온 죽세공竹細工의 달인이 오랜만에 껍질을 벗긴 싸릿개비를 재질로 사용하여 채반을 만들었다 한들 그 솜씨

118

가 어디 가겠는가! 그동안 높은 격조와 공력을 일관되게 보여온 그의 시편들과 더불어 이번의 시조집 역시 한갓 여기餘技가 아니라 민족시라는 창창한 거목巨木에 든든한 가지 하나를 더한 쾌거로 보아도 좋으리라.

일곱은 신비로운 숫자다. 음은 피아노의 건반이 아무리 많아도 일곱 개뿐이다. 색깔도 빨주노초파남보의 일곱으로 이루어져 있다. 사람의 몸은 7년을 주기로 세포가 바뀌며, 또한 모든 인간은 머리, 눈, 코, 귀, 입, 손, 발이라는 일곱 개의 지체를 가지고 있다. 또한 새들의 알이 부화하는 데는 항상 7의 배수로 된 날수를 필요로 한다고 한다. 예컨대 카나리아 알은 14일, 달걀은 21일, 오리 알은 28일, 청둥오리 알은 35일, 앵무새 알은 42일이 걸린다는 것이다. 이러한 체계體系들은 세상이 함부로 이루어지지 않았음을 보여준다.

허윤정 시인의 시집 『겹매화 피어 있는 집』은 일곱 번째 시집이다. 그러고 보면 이 일곱 번째 시집에서 우리의 정형시, 곧 뿌리로의 회귀回歸라는 대변혁이 일어났다는 사실 역시 우연은 아닐 것이다. 부디 앞으로도 우리의 정형시에 대한 변함없는 사랑과 관심 쏟아주시기를 바라고, 마음과 몸의 건강도 두루 잘 다스려 열네 번째 시집쯤에서 다시 한 번 우리 고유의 정형시집을 상재해 주셨으면 한다.

아무쪼록 귀한 시집에 눌변訥辯의 발문이 누累가 되지 않기를 바라며, 이만 무딘 붓을 내려놓는 바이다.